Fabienne Verstraeten

V

OU LA MÉLANCOLIE

arléa
16, rue de l'Odéon, 75006 Paris
www.arlea.fr

À Sibylle et Samuel

Cela ne veut rien dire, de vouloir
faire parler ces images, de les
forcer à dire ce qu'elles ne
sauraient dire.

Au début, on ne peut qu'essayer
de nommer les choses, une
à une, platement,
les énumérer, les dénombrer,
de la manière la plus
banale possible,
de la manière la plus précise
possible,
en essayant de ne rien
oublier.

Georges Perec

L'image

Retour à une image issue d'une série de photographies énigmatiques d'une époque que je n'ai pas connue, longtemps demeurée sans image. Entendue plus que vue, resurgie par bribes et fragments, racontée jusqu'à devenir mythe ou légende sans qu'on sache jamais ce qui s'est passé vraiment.

Noir et blanc d'une foule engoncée dans d'épais vêtements. C'est l'hiver.

Un cercueil dont on ne voit qu'une moitié du caisson glisse hors-champ. Derrière, un jeune homme d'à peine vingt ans marche au pas, le regard rivé au sol. À ses côtés, l'épaisse silhouette d'une femme plus âgée.

L'image a toujours été là, il suffisait de la retrouver et de s'y arrêter.

Plus qu'une image c'est une scène qui se déroule sur une vaste place pavée de gris. Au fond, un bâtiment, une église ou tout autre édifice au caractère officiel affirmé. Administration communale ou mairie, une architecture massive. À droite, un pan de mur aveugle avec, comme dessiné au crayon, le pourtour en pignon d'une maison disparue. Le bâtiment présente deux baies vitrées et une loggia dans l'ombre de laquelle se tient une foule dense. Sur la place, des lampadaires sont recouverts d'un drap noir, on y a accroché des haut-parleurs. Ce pourrait être un décor de cinéma monté dans la nuit, on imagine le son.

Au premier plan à gauche de la bâtisse, un dais noir est tendu.

Une foule marche derrière le cercueil porté à l'épaule par huit jeunes hommes habillés d'une combinaison de serge claire et coiffés d'un béret en feutre noir. Leur coude surmonté d'un brassard est fléchi.

Un drapeau tricolore entoure le cercueil comme un drap envelopperait le corps d'un mort.

L'image défile et emporte le cercueil qui disparaît dans le blanc de la page.

À côté du cercueil, un homme marche, un parapluie au bras. Il a le visage tourné vers la scène – comme pour l'orchestrer. Loin derrière arrive le jeune homme, long manteau noir, regard myope. Il tient au creux de sa main gauche ses gants et un chapeau.

Si on agrandit la photographie pour en saisir les détails, on aperçoit en arrière-plan une fillette blonde emmitouflée dans une écharpe de laine claire. Assise sur le rebord d'une pierre plate à l'avant de la loggia, elle surplombe la scène.

C'est une ville du temps passé. Un instant de ville serti dans le cadre d'une photographie ancienne à peine plus grande qu'un timbre-poste. On voit la place pavée de gris, mais aucun détail ne trahit le lieu. Et lorsqu'on porte le regard à gauche, une nouvelle image surgit en continuité de la première. Arrêtée cette fois, immobile, un plan large sur le dais noir tendu à côté de l'édifice officiel. Ici, cinq cercueils sont posés sous le velum, chacun recouvert d'un drapeau tricolore.

Un emplacement vide, en attente, sépare les deux premiers. Derrière la rangée des cercueils, des hommes en civil, cravate noire et gabardine, d'autres en uniforme militaire. Devant l'estrade, des gerbes de fleurs dissimulent le visage et le buste de ceux qui les portent, comme la cage et les colombes dissimulent le torse du personnage du *Thérapeute* peint par René Magritte en 1941.

Hors-champ, de vieux commerces à la devanture usée, des enseignes aux couleurs fanées. Pas de ruines en ce jour d'hiver de l'après-guerre, car cette portion de la ville n'a pas été détruite par les bombardements, mais les signes d'une lassitude, d'un abandon.

Enfant, j'ai vécu à la périphérie de la ville. Une banlieue proche, construite pour les jeunes familles de l'ère naissante, père, mère, deux ou trois enfants. La guerre était loin désormais, on l'avait oubliée même si quinze ou vingt ans à peine s'étaient écoulés depuis la fin des hostilités.

À l'orée des années 1960, une époque nouvelle s'ouvre, qui verra exploser bien des révolutions. On construit des pans entiers de cités modernes. Un beau matin, des maisons toutes semblables surgissent au milieu des champs de betteraves et de blé, des enfilades d'habitations de brique rouge aux dimensions modestes.

Au rez-de-chaussée, une cuisine, un salon et une salle à manger. À l'étage, trois chambres, une salle de bains, parfois des combles aménagés pour les familles nombreuses. De minuscules jardins fleuris, avec des portiques et des balançoires. Des rues d'asphalte flambant neuf et des trottoirs parsemés de gravillons roses et bordés d'arbres chétifs.

De ce quartier de la périphérie, nous allions souvent en ville. Au volant de sa Simca bleue, mon père empruntait une chaussée de pavés. Sur les bas-côtés, les maisons défilaient à vive allure dans une succession rapide d'enseignes de boutiques d'ameublement. L'électroménager s'inventait de même que les premières cuisines équipées en Formica. À un angle, un magasin aux larges vitrines remplies de canapés en cuir, tables, chaises et buffets en bois massif. *Vastiau-Godeau*, commerce de meubles, lettres rouges sur fond blanc. Soixante ans plus tard, le logo signale toujours l'abord de la ville.

Un drapeau tricolore entoure le cercueil comme un drap envelopperait un mort, les plis du tissu dessinent le corps qui repose dessous.

Les porteurs sont jeunes, dans leurs vêtements de toile claire et coiffés du béret noir de la Résistance sur lequel est agrafé l'insigne de l'Armée secrète.

Ils sont à l'arrêt, la jambe gauche fléchie. La pointe du pied effleure le sol, le talon est levé. Un léger déhanchement du bassin leur donne une élégance de guerrier victorieux – mais à quel prix. Les deux qui guident le cortège serrent la hampe du cercueil, les doigts crispés sur le manche.

Leurs visages sont empreints de gravité.

Dans le creux de sa main gauche, le jeune homme tient des gants et un chapeau. Des lunettes cerclées de noir dissimulent ses yeux, et le bas de son visage, lèvres serrées, affiche une moue boudeuse. Dans l'échancrure de son manteau, on discerne le col blanc d'une chemise ainsi qu'une cravate noire. Il marche au pas, tête baissée, regard fermé.

Jeune homme de vingt ans, mon père se présente tel que je l'ai toujours imaginé, à cette différence près qu'il n'était pas seul sur la photographie, mais entouré d'une foule de gens.

Et tout d'abord, progressant à ses côtés, la silhouette épaisse et trapue de sa mère. On la devine derrière l'homme qui guide le cortège. Une jambe gainée d'un bas de soie, un pied chaussé d'un escarpin qu'elle pose à terre, un pan de manteau, la main gantée de noir. Elle a, elle aussi, le regard vissé aux pavés. Ma grand-mère avait les lèvres épaisses qui faisaient ce matin-là un étrange rictus, une grimace de douleur. Veuve de guerre, elle le restera jusqu'à la fin de sa vie.

Derrière la mère et le fils qui marchent ensemble, arrive un cortège de femmes aux manteaux sombres. Derrière le jeune homme et sa mère, séparée d'eux de quelques mètres, une femme âgée de petite taille ouvre la procession.

Elle avance à pas menus, légèrement voûtée. Un lourd manteau de fourrure lui descend aux chevilles et ses cheveux argentés sont coiffés d'un chapeau. Dans ses mains, elle tient un sac, ou plutôt on dirait qu'elle se cramponne à l'anse de sa sacoche.

La mère du mort, mon aïeule, a la bouche grande ouverte et semble prête à hurler.

De la fillette à l'écharpe blanche qui observe la scène, on ne sait rien. Qui donc l'a conduite là et fait asseoir sous les arcades de l'édifice communal ? Était-ce une scène à laquelle on convie des enfants ? Qui l'a amenée, en vertu de quelles considérations à propos de la vie et de la mort, de la guerre et de la paix, affaires qui ne concernent en principe que les adultes ?

Elle est habillée d'un manteau clair, de longues chaussettes lui couvrent les mollets, ses cheveux blonds sont coiffés en chignon. À ses pieds, deux garçons, frères ou cousins, voisins ou camarades d'école, l'un blond, l'autre brun, regardent passer le cortège.

Ces trois-là n'ont pas de nom.

Assise sur le muret, la fillette observe la scène. Sur les lampadaires, le tissu noir est tendu comme pour éteindre la lumière.

Le ciel est invisible, il devait être d'un blanc laiteux.

Le nom n'a pas changé, la place porte toujours le nom du cardinal Mercier.

À lui seul, Désiré Félicien François Joseph Mercier, figure morale de la Résistance à la première occupation allemande, relie les lieux de mon enfance. Né dans cette petite ville de la périphérie où j'ai grandi, il est mort sur la place, à l'endroit précis de la scène.

Le premier janvier 1915, deuxième année de ladite Grande Guerre, sa lettre pastorale *Patriotisme et Endurance* avait été lue dans toutes les églises à l'insu des Allemands.

De l'autre côté, face à l'imposante bâtisse de la maison communale, une gare semblable à toutes les gares, en brique rouge et pierre grise rayée de stries légères, bâties à la fin du XIXe siècle dans le style néogothique flamand de toutes les communes du Nord.

Dans ce quartier, tout était gris et figé sous un éternel hiver. Quand le tramway passait, il faisait trembler les fenêtres des maisons et les vitrines des anciennes boutiques et on entendait le tintement continu d'une cloche métallique. Ce son venait du lointain, du temps d'avant.

Mes deux grand-mères vivaient là et quand je leur rendais visite, je ne pouvais me départir du sentiment qu'il y avait, enfoui dans ces lieux, quelque chose de pesant et de poussiéreux. Comme si une main invisible m'attrapait au collet ou par la capuche du manteau et me forçait à regarder en arrière.

Et puis Jette!

Jette ou le nom du lieu où sont nés, où ont vécu et où sont enterrés mon père et mon grand-père qui portaient le nom de V.

Ce même patronyme désigne aujourd'hui une rue. V de la victoire, drôle de victoire.

Jette, le lieu où, devenue adulte, quand j'emprunte cette rue qui porte mon nom, j'éprouve un vague sentiment de fierté.

V, ou le nom de la rue même puisque mon patronyme, d'origine flamande, signifie « de la rue ».

Les nombreux témoins qui composent la foule ne sont plus. Ceux qui escortent le défunt pour un dernier hommage sont morts chacun à leur tour. Tous disparus sauf une que l'on ne voit pas, car elle est dissimulée par le couple que forment le fils et sa mère.

On l'aperçoit sur une autre photographie, jeune fille de quinze ou seize ans, vêtue d'un tailleur aux larges épaulettes. L'adolescente qui deviendra ma tante se recueille, les mains jointes en signe de prière, visage opalescent, yeux clos.

La scène n'est plus, mais elle demeure et persiste en un point obscur.

Longtemps, je n'ai eu d'yeux que pour la silhouette du jeune homme au regard myope. De la scène toute entière, longtemps, je n'ai conservé dans ma mémoire que ce seul personnage vêtu d'un long manteau noir.

L'image de mon père en jeune homme a toujours existé pour moi, mais isolée, découpée, dans la photographie. Une représentation presque abstraite, un point de repère, de ceux que nous avons tous.

Et ces fragments mis bout à bout constituent le roman familial dont on sait combien il est invention et fiction.

L'image du jeune homme triste a toujours été pour moi le moment clé, l'origine noire de mon histoire. Un trait de chagrin, la forme d'un nez ou le dessin de lèvres boudeuses, une marque désemparée qui traverse les générations.

Il pleut. Il pleut aujourd'hui jour d'été comme il pleuvait sans doute ce jour d'hiver de l'après-guerre. Il pleut et c'est une pluie fine, un rideau incessant, un voile tombé au cœur de l'été resplendissant et de la canicule qui s'étend sur les campagnes. On ne peut échapper à cette chaleur qui envahit tout et assèche l'air, les pages des journaux, les voix de la radio, les conversations aux arrêts de bus ou dans les commerces. Une chaleur étouffante.

Mais, dans l'image, tout indique la pluie triste des jours glacés de l'hiver. Le lent cortège funèbre qui traverse la place appartient à la saison froide. Non pas la saison lumineuse de la neige, mais celle des journées moroses qui précèdent le froid ou lui succèdent, des mois qui encadrent l'hiver. Il pleut et c'est une pluie fine, un crachin incessant qui vous mouille et vous transperce les os.

Novembre, le mois des morts.

Ils sont habillés de pesantes redingotes, de sombres paletots. Ils portent des chapeaux et des gants. Il y a ce parapluie accroché au bras de l'homme qui guide le cortège et l'écharpe blanche de la gamine sous les arcades de la loggia.

On n'entend ni cris ni sanglots.

Un silence lourd de pluie.

Le son qui accompagne l'image est un bruit lointain, étouffé par le temps. Lent et pesant, au rythme du cortège qui avance.

On a recouvert les lampadaires de tissu noir comme pour éteindre la lumière. Sous les lampes endeuillées, les haut-parleurs diffusent une musique funèbre. Le premier accompagne le sens de la marche et lui donne sa mesure, l'autre semble attendre ceux qui arrivent au loin et qui ferment la procession. Quelle musique pour une scène de fin de guerre, si ce n'est celle, grésillant, d'une marche funèbre enregistrée sur des microsillons ?

Passé le temps de liesse et des chants militaires qui saluent l'entrée des Alliés dans les villes, passé le vrombissement des moteurs des jeeps, les klaxons et les cris aigus des foules déchaînées, et ces images d'Épinal où de jeunes femmes grimpent sur les chars et enlacent avec fougue le soldat libérateur. Passé les valses et bals musettes du début de l'été, quand l'automne arrive, on se met à compter les morts.

Alors un silence noir descend sur la ville.

Pas de conversation, seuls quelques chuchotements dans la foule des curieux rassemblés sous les arcades. Et ce cri muet de la femme aux cheveux blancs qui ouvre le groupe des pleureuses en bout de cortège. Elle avance à pas menus, la bouche grande ouverte, prête à hurler.

Et j'imagine qu'elle hurlait en effet, car n'étaitelle pas la mère du mort ?

En ce jour gris d'hiver, les odeurs ne sont plus les effluves secs de la destruction, de la poussière et des incendies. C'est déjà le temps de l'après, celui du remugle d'après la pluie et de l'humidité qui plaque les cheveux.

J'imagine les relents insistants de naphtaline qui imprègnent les manteaux de laine enfermés au fond des armoires durant les cinq années de la guerre, et les couvre-chefs ressortis pour l'occasion. L'exhalaison aigre, animale, des gants de cuir que le jeune homme tient dans la paume de sa main. Ou le parfum entêtant des gerbes de fleurs qui dissimulent le buste et le visage de ceux qui les portent.

Y avait-il de l'encens ? Aucun signe n'indique que la cérémonie ait été religieuse. Et si c'était le cas, quelle pouvait bien être l'odeur d'une cérémonie laïque ?

Les doigts de ceux qui portent le cercueil sont serrés sur le bois lisse de la hampe. Une main se pose sur un avant-bras, une pression légère, à peine perceptible en signe de compassion. Le fils agrippe le bras de sa mère d'une poigne vigoureuse, car bientôt viendra le moment où celle-ci défaillira.

À la fin de la cérémonie, certains les embrassent pour les condoléances, ils les saisissent aux épaules et les secouent vigoureusement comme pour les convaincre qu'il va falloir rester debout toute la vie qui va suivre. Quand d'autres leur font une longue et profonde accolade ou leur donnent une simple poignée de main.

Dans le quartier de mon enfance, la rue bordée d'arbres dévalait sur une place traversée par la chaussée. Il y avait là des commerces exigus, dédiés à une activité unique. On y allait en dernière minute pour y trouver ce qui manquait.

Dans l'angle à droite, une épicerie de l'enseigne *Battard* qui n'a pas survécu au choc pétrolier des années soixante-dix ni à la démultiplication des supermarchés. Plus loin, une minuscule boucherie-charcuterie. De l'autre côté de la place, lorsqu'on traversait la chaussée, une boulangerie-pâtisserie. De modestes maisons ouvrières à un étage dont le rez-de-chaussée avait été transformé en magasin. L'ouverture de la porte, vitrée sur sa partie supérieure, se signalait par le son aigrelet d'une clochette. Elle correspondait à l'ancienne entrée de la maison et la fenêtre était devenue la vitrine où étaient exposées les conserves, les pâtisseries ou les pièces de viande.

À ces lieux sont associés des souvenirs précis : la pâte de coing que l'on achetait en petits carrés emballés dans un papier mica translucide, les boîtes de cacao *Banania* sur lesquelles figurait le visage d'un tireur sénégalais hilare coiffé d'un fez rouge (ce dessin qui date de la Première Guerre sera interdit et disparaîtra à la fin des années 1960 ; il est réédité aujourd'hui, peint sur des plaques métalliques que certains affichent dans leur cuisine, souvenir grimaçant d'une époque heureusement révolue), les choux à la crème en forme de cygne, garnis de dés d'ananas posés sur la chantilly, et les fines tranches de saucisson roses de Paris que le boucher me tendait par-dessus le comptoir quand j'accompagnais ma mère.

Plus loin, isolée dans une rue nouvelle, une librairie-papeterie pourvue de larges vitrines, où ma mère m'avait acheté mon premier roman, *Le Petit Chose* d'Alphonse Daudet en Livre de Poche.

De là, on entrait dans la modernité.

L'été, ma grand-mère veuve de guerre venait pour les confitures. Des cagettes d'abricots, de fraises, de pêches et de groseilles attendaient alignées sur le muret du jardin, et les soirées passaient à couper les fruits que l'on couvrait d'une quantité équivalente de sucre pour transformer la purée translucide en confiture le lendemain matin. Je m'en mettais plein les doigts et la bouche, le suc fruité dégoulinait sur mes mains et laissait sur ma robe des taches rose clair délavées.

À la fin de l'été, les pots s'alignaient sur les étagères dans la descente de l'escalier qui menait à la cave, variations de rouge et d'orange, fermés par un couvercle de paraffine transparente.

On avait ainsi de quoi traverser l'hiver.

Mais le 1er novembre marquait une césure. D'un seul coup, en un instant, comme on tourne une page, on passait de l'automne à l'hiver.

Les mois de septembre et d'octobre étaient cléments, l'été s'achevait dans les préparatifs de la rentrée des classes. Avec ma mère, nous allions acheter un nouveau cartable dans une boutique obscure, une grotte aux trésors, sombre, où régnait une puissante odeur de cuir.

Les premiers mois de l'automne offraient une sorte de répit, l'été se prolongeait. Quand je rentrais de l'école, je jetais mon cartable dans un coin de la cour et je m'élançais impatiente vers la rue et le jardin.

Mais le 1er novembre, on glissait dans un autre temps. Soudain, les journées se faisaient courtes. On rentrait les géraniums que l'on ressortirait en mai de l'année suivante après les saints de glace. On extrayait les habits d'hiver de la penderie, les duffle-coats gris ou vert achetés l'année précédente, qui couvraient les genoux et qui un an plus tard s'arrêteraient juste au-dessus.

Ma mère achetait des chrysanthèmes, fleurs blanches mordorées et, le jour venu, nous prenions la route de la ville. Nous faisions la tournée des cimetières et nous nous recueillions sur les tombes dans différents quartiers. Des fous rires nous saisissaient, car au fil des ans, nos parents avaient oublié l'allée où était enterré tel ou tel mort, les pierres grises finissaient par se ressembler toutes et nous ne retrouvions plus nos défunts. Ma mère arpentait les allées à vive allure et saluait des morts inconnus, Marie, Pierre ou Louis, comme elle se serait arrêtée auprès de vieilles connaissances du temps passé.

Après une dernière halte au cimetière de Jette en fin d'après-midi, à l'entrée duquel était érigé le monument aux morts où est gravé le nom de mon grand-père, nous allions dévorer des monceaux de crêpes chez ma grand-mère, veuve de guerre.

La scène est figée dans l'attente d'un événement.

Il y a certes le cortège qui traverse la place d'une marche lente et funèbre, mais il y a aussi la foule immobile des badauds et des curieux rassemblés devant la maison communale. Car la façade de ce vaste édifice, au contour de faux château gothique, est pourvue d'une terrasse couverte à laquelle on accède par une large volée d'escaliers.

Cet espace rappelle les tableaux des maîtres flamands et italiens de la Renaissance. Dans leurs peintures, la loggia est le lieu de la scène. Elle ouvre à l'arrière sur des fragments de paysages urbains ou ruraux. Parfois sur une succession de villes et de campagnes en miniature, un espace narratif secondaire qui campe le contexte historique du tableau. Le mur du fond s'ouvre en arcades sur un dessin de collines.

Au centre, un fleuve s'écoule sur les rives duquel on aperçoit deux fragments de lieux, l'un au caractère campagnard, l'autre plus dense et urbain. Le fleuve sépare en quelque sorte deux états de la ville comme la succession de deux moments au sein d'un même récit : le lieu d'où l'on vient et que l'on quitte, et celui où l'on fait le choix de vivre.

Si la loggia de la maison communale n'est plus aujourd'hui qu'un lieu de passage qui permet d'accéder aux bureaux de l'administration où l'on fait la file pour obtenir un document certifié (à l'exception des vendredi et samedi réservés aux mariages : la mariée entre au bras de son père et ressort suspendue à celui de son mari ; la photo de famille sur l'escalier, les époux au centre telles les petites figurines en sucre au sommet du gâteau qui dans quelques heures clôturera le repas de noces), dans la scène exposée ici, elle semble figée, non pas tant en raison d'un arrêt sur image ordonné par le photographe à qui l'on a confié de documenter la cérémonie, que du fait même de l'imminence de l'événement.

Ici, comme à l'opéra, la loge ou loggia est l'espace de l'attente d'où s'élance le regard.

Ce pourrait être une place silencieuse et vide sous le soleil et l'ombre à la façon énigmatique de Giorgio De Chirico. Des lignes claires et tranchantes, de vastes édifices au caractère officiel, des enfilades d'arcades en clair-obscur. Le temps y serait comme arrêté, en attente de l'événement.

Dans *Mystère et mélancolie d'une rue*, une fillette surgit du côté gauche et traverse la place en courant. Elle tient dans la main droite une badine avec laquelle elle effleure un cerceau. Silhouette d'ombre, corps désincarné, elle se dirige vers un wagon vide dont les portes sont grandes ouvertes, prêtes à accueillir une foule de gens, une masse d'êtres humains. Deux matelas empaquetés gisent au sol, signe du voyage à venir. Plus loin, dans la partie supérieure droite du tableau, on devine une deuxième silhouette, celle d'un adulte qui menace l'enfant.

À l'issue de la Première Guerre mondiale, Chirico abandonne la peinture à l'huile au profit de la technique *a tempera* dont se servaient les peintres de la Renaissance. Des pigments minéraux mélangés à l'eau et au jaune d'œuf contribuent à la mise à plat des formes et créent cet effet glacé.

C'est cette même technique qu'utilisait Vittore Carpaccio à la fin du Quattrocento. Mais à la différence des peintures de Chirico, dans les tableaux de Carpaccio, les places ne sont pas vides, elles sont le lieu même du rassemblement et du commerce humain. Les lieux publics accueillent les hommages officiels et les cérémonies comme dans *Le Retour des ambassadeurs à la cour d'Angleterre*, du *Cycle de Sainte Ursule* transposé à Venise. Ou le *Miracle de la relique de la Croix au pont du Rialto* où la foule des notables converse en petits groupes raffinés tandis qu'une procession déambule nonchalamment sur le pont, que les gondoles traversent le canal en une danse délicate et que le rouge des drapés et des tissus contraste avec l'eau noire du canal.

C'est la vie de tous les jours que peint avec élégance Carpaccio. L'art d'être ensemble, l'art du négoce et de la conversation quand, quatre siècles plus tard, les peintures de Chirico anticipent la déshumanisation de la longue nuit à venir.

Ou alors un film de l'immédiat après-guerre. La trilogie de Roberto Rossellini, *Allemagne année zéro*, *Rome, ville ouverte* ou *Païsa* qui raconte la libération de l'Italie du sud au nord, de la Sicile jusqu'au delta du Pô, chaque épisode se déroulant dans une ville différente.

À l'issue de la guerre, le néoréalisme italien invente un cinéma où la fiction se nourrit du documentaire, où le documentaire se fond dans la fiction.

Et l'on verrait alors cette séquence poignante où un homme et une femme à bout de souffle traversent la Galerie des Offices en une course effrénée pour échapper aux balles des snipers allemands et rejoindre l'autre côté de la ville. À cette différence près : mon récit ne relate pas la mort des héros (car j'ignore tout des hommes valeureux) ni n'expose les ruines de la fin de la guerre. Il tente de circonscrire ce qui succède à la destruction et s'inscrit de manière obscure dans la succession des générations.

Une place donc pour ce qui est de la géométrie et de la sensation du vide, une piazza italienne. Traversée d'ombres et dominée par un édifice imposant, une architecture écrasante d'une quelconque administration, symbole d'un gouvernement local. Avec, au sol, de gros pavés mal équarris.

Août 1944, Florence est encore aux mains des Allemands. Le Sud est libéré, le Nord sous le contrôle des milices fascistes. On a fait sauter tous les ponts, sauf le célèbre Ponte Vecchio qui surmonte l'Arno, ligne de partage de la cité.

C'est le jour, c'est l'aube, mais ce pourrait être la nuit. Une nuit noire inhabitable. Un homme et une femme tentent de passer de l'autre côté, *dall'altra parte* du fleuve. La femme pour retrouver son amour, héros et chef de la Résistance. L'homme, qui a le bras gauche cassé en écharpe, pour rejoindre sa femme et son fils qui ont réussi à s'échapper. Les deux veulent passer de l'autre côté du fleuve. De l'autre côté de la ville. Du côté de la liberté. Alors que l'homme s'enquiert du chemin auprès d'un groupe de partisans qui lui indique que la seule possibilité consiste à traverser la Galerie des Offices, la jeune femme s'engouffre dans une trouée qui perce les ruines. Elle se jette littéralement dans ce trou qui crève l'écran.

Un fragment de seconde plus tard, ils sont engagés dans une course effrénée. Ils traversent le long couloir vide du corridor de Vasari qui surmonte le Ponte Vecchio au-dessus du fleuve Arno. Au sol, on aperçoit la succession de taches de lumière et d'ombres portées des fenêtres à croisillons. Des caissons en bois enferment des œuvres parmi lesquelles une sculpture de femme en pied emprisonnée dans un coffre à moitié ouvert, symbole de ces temps de guerre.

Gros plan sur la ville.

Tout est vide et silencieux comme dans les peintures de Chirico. Les rues sont inondées de lumière. Un groupe de soldats traverse la place, un motocycliste, un char, puis un brancard porté par trois bonnes sœurs en habit noir, qui arborent un drapeau blanc. Scènes de rues en temps de guerre et règlements de comptes. Des partisans tirent sur des collabos et les font prisonniers.

À l'issue de la course, quand ils sont enfin de l'autre côté, dans les bras de la jeune femme, un partisan invoque dans son dernier souffle le prénom du bien-aimé, Lupo, le chef de la Résistance qui est mort à l'aube.

Quand je songe à la ville, je vois un plan, une cité en deux dimensions. Non pas qu'elle soit plane, car c'est une ville du Nord qui a intégré le relief des campagnes du Sud. Dans le passé, elle était parcourue de rivières qui ont donné à certains quartiers un nom en suffixe *beek* qui signifie rivière en néerlandais, comme *Bach* désigne le torrent en allemand, pour le versant romantique. Aux temps anciens, quand elle était traversée de rivières, son relief dessinait des vallons et des collines.

Quand je pense à la ville, je me représente une carte avec au centre la forme d'un cœur et sur le pourtour le tracé d'une poire qui reposerait sur son pédoncule. Les rivières ont disparu depuis longtemps, mais un canal la traverse, qui lui donnait anciennement une physionomie industrielle et qui contribue aujourd'hui à son caractère urbain contemporain. Une division nord-sud, deux noms pour une ville à deux langues, canal de Willebroeck et canal de Charleroi, la jonction des deux se situant quelque part au centre-ville.

Je revois cette voie d'eau qui divise la ville, et la séparation qu'elle dessine n'est pas seulement spatiale, elle est aussi temporelle. Car le jour où, comme tant d'autres, j'ai franchi le canal à l'adolescence, cela a été sans retour. Comme les oiseaux qui prennent leur envol : ils sortent du nid, ils ébouriffent leurs ailes et s'élancent haut dans le ciel, traçant des cercles de plus en plus larges.

Mes trajets en bus ou en vélomoteur ont été autant de coups d'essai. L'autobus me menait quotidiennement à l'université sur l'autre rive, ou bien juchée sur ma mobylette, je sillonnais la ville à la recherche de théâtres cachés au fond d'une impasse, au rez-de-chaussée de maisons ou dans des caves – ce qui persistait à la fin des années 1970 d'une avant-garde désormais obsolète. J'empruntais une chaussée poussiéreuse bordée de maisons grises et sales.

D'autres fois, mon trajet passait par de larges avenues bordées d'immeubles clairs et d'immenses tours ancrées dans des carrés de verdure, qui s'élançaient vers le ciel.

Je rentrais le plus souvent au soir tombant. Et c'était alors comme si la ville se vidait de ses véhicules et de ses habitants. Arrimée au guidon de mon vélomoteur, j'étais seule au monde.

Traverser la ville, c'était franchir le canal comme on saute un jour par-dessus l'enfance.

Un matin je me suis réveillée et je me suis retrouvée de l'autre côté. J'ai vacillé un court instant, un peu sonnée. À peine me suis-je retournée vers la rive d'où je venais, le futur et la vie étaient là devant moi et me tiraient vers l'avant.

Quand je me suis enfin installée de l'autre côté, je me suis mise à faire d'incessants allers-retours. Mais aussitôt avais-je traversé la ville pour retrouver ma famille, je repartais quelques heures plus tard et je les quittais soulagée et légère, au guidon de ma mobylette.

Franchir le canal avait été irréversible.

Je voyageais le plus souvent de nuit. Le soir venu, on dépliait les banquettes et on déployait le drap parsemé de *B*, lettres italiques cousues de fil mauve, emblème de la Société nationale des chemins de fer belges. Les arrêts au milieu de la nuit dans les gares, l'affairement soudain au passage des frontières, les douaniers qui entraient par deux ou trois dans les compartiments pour contrôler les passeports et vérifier l'identité des passagers. Des vendeurs de café et de thé couraient le long des quais. Leur chariot tintinnabulait, chargé de bouteilles thermos et de sandwiches emballés dans du papier gras. Le crissement et le frottement des valises que recouvrait le son nasillard de la voix qui sortait des haut-parleurs – les mêmes en forme d'entonnoir qui, sur la photo de ce jour d'hiver d'après-guerre, étaient couverts d'un tissu noir. Claquement métallique sec des portes du compartiment, grincement laborieux des essieux, et la locomotive reprenait son élan.

À l'aube, le train pénétrait un paysage de collines, de vallons et de forêts et traversait une profusion de verts gorgés d'eau. Je repliais alors ma couchette. J'appuyais ma joue contre la vitre et je regardais défiler les collines et les vallons, les rivières et les prés, les veaux les vaches et les cochons, les maisons en brique et en pierre, les poteaux et les fils électriques, puis les zones industrielles des charbonnages délaissés. Quand on entrait en gare au petit matin, on apercevait se détachant sur le ciel pâle, au sommet d'un immeuble, l'effigie géante de Tintin, visage poupin surmonté d'une houppe, avec à ses côtés le chien Milou, un os planté en travers de la gueule. On respirait les effluves, insistants, persistants du chocolat, car à l'époque, l'usine Côte d'Or était proche de la gare.

Je savais alors que j'étais de retour.

Au temps de Noël, je demeurais assise à côté de la crèche et de ses minuscules personnages. Je déplaçais les figurines, les santons Marie, Joseph, l'enfant Jésus, et je me racontais des histoires.

À travers la fenêtre du salon, la rue déroulait son ruban noir sous la neige. Clignotement de la guirlande d'ampoules colorées.

Mes premières traversées, enfant, de la petite ville de la périphérie. J'étais seule et passais sans transition du quartier de maisons nouvelles à un temps plus ancien, quand sur le chemin de l'école, il me fallait contourner une église massive et trapue, et marcher à cloche-pied en sautillant sur d'épais pavés mal taillés, preuves de ce temps d'avant.

À supposer que l'anachronique cortège de ce jour d'hiver soit digne d'un sujet d'actualité et que l'on sollicite une équipe de journalistes pour filmer la cérémonie ; à présumer qu'une caméra survole la scène à partir d'un hélicoptère ou d'un-drone, ce que l'on verrait alors paraîtrait bien inconsistant. Car vu d'aujourd'hui et à distance, l'événement semble plutôt insignifiant.

Une file noire s'égrène, petit ruban qui parcourt une place vide, sur une feuille de carton gris posée le long d'une construction à l'allure imposante. Château d'enfance, cubes et jouets, dans lequel une succession de personnages en habits foncés, munis de tout un attirail d'accessoires amovibles, parapluies, sacoches, composent le cortège.

Devant le bâtiment imposant, des lampadaires, de couleur sombre, sont recouverts d'un petit bout de tissu noir qu'une main d'enfant a délicatement posé. Sur un bord du carton qui figure la place, en fond de scène, une foule éparse, tels ces obscurs bosquets qui dessinent la lisière d'une forêt.

Et, disséminées, parsemées, quelques taches vives, colorées, les couronnes de fleurs mortuaires.

Ville de rêve de l'enfance, ville miniature de la dernière scène des *Parapluies de Cherbourg* de Jacques Demy, un des premiers films français à évoquer la guerre d'Algérie.

Il neige, c'est l'hiver peu avant Noël. Pluie douce de flocons blancs sur la nuit noire. Sur le toit de la station, on voit le logo ESSO en lettres rouges sur fond blanc ceint de bleu.

Une automobile s'arrête pour faire le plein. Un homme sort du bureau plongé dans une chaude lumière. Vêtu d'une salopette, il porte en bandoulière la sacoche en cuir des pompistes.

Au volant de la voiture, une jeune femme enveloppée d'un manteau de fourrure, les cheveux montés en chignon retenus par un serre-tête noir, signe de deuil. Assise sur le siège à côté d'elle, une fillette blonde.

L'homme et la femme se regardent, ils se reconnaissent, mais ils n'ont rien à se dire, quelques mots à peine.

Après avoir fait le plein d'essence, la voiture s'éloigne et sort du champ. Dans le bureau, le sapin de Noël scintille et clignote de mille feux.

Alors, portée par le son emphatique des violons et des voix, doucement lentement, la caméra s'élève dans le ciel. Et sous les flocons de neige, la station-service et son logo ESSO, lettres rouges sur fond blanc, s'amenuisent jusqu'à atteindre les dimensions d'un jouet d'enfance.

La nuit qui précède la cérémonie, la place est vide, ses contours se fondent dans l'ombre. Aux premières lueurs du jour, un camion s'arrête, qui transporte la tente ou le dais noir. Surgissent alors des bords ombrés des cafés faiblement éclairés qui entourent la place une dizaine d'ouvriers en salopette bleue et casquette, qui commencent à fixer les poteaux dans les pavés, à lever la structure métallique et à tendre la toile de velours. Sous le dais, ils installent le plancher qui composera l'estrade. Ils recouvrent les lampadaires de tissu sombre et y accrochent les haut-parleurs reliés par des câbles qui pendent lourdement.

Au lever du jour, des hommes et des femmes encore jeunes arrivent, qui vont composer la foule des curieux. Habillés de manteaux pesants, pour certain coiffés d'un chapeau, ils se rassemblent devant la maison communale.

Arrive enfin la fillette blonde à l'écharpe blanche. On la hisse sur la dalle du muret où il lui faudra demeurer le temps de la scène. Deux gamins de huit ou dix ans, l'un blond, l'autre brun, se postent à ses pieds.

Les figurants sont en place, la cérémonie peut commencer. Clap de début, le cortège se met en branle.

La pellicule est en noir et blanc.

Aloïs et André

L'été 2016, une amie a attiré mon attention sur un atelier d'écriture en ligne proposé par François Bon sur le thème de la ville. Il fallait faire le choix d'un lieu, écrire suivant différents angles, arpenter l'endroit à la manière d'une caméra du plus lointain au plus proche pour tenter d'en saisir les plus infimes détails. Commencer par décrire l'espace, y introduire ensuite les personnages, et puis imaginer l'action. Il s'agissait de voir et d'écrire avec les yeux. François Bon insistait sur l'avantage des petits blocs de texte rédigés en continu comme des pavés denses. Il entendait nous faire toucher à la matérialité de l'écriture.

Je ne sais pourquoi, j'ai aussitôt songé à la place communale de Jette telle qu'elle m'était apparue il y a longtemps dans une photographie ancienne des funérailles de mon grand-père au sortir de la guerre. Pourquoi cette place s'était-elle imposée comme lieu d'écriture ? D'où vient que la photographie d'un cortège mortuaire s'était inscrite en moi il y a si longtemps, et que révélait cette image ?

Quelques mois plus tard, l'atelier d'écriture terminé, j'ai écrit à ma cousine pour l'interroger à propos de notre grand-père dont nous n'avions jamais parlé et dont je n'avais jamais pensé qu'il était notre aïeul commun. Nous n'avions pas grandi ensemble, ma cousine était adulte quand j'étais encore enfant. Par retour de mail, elle m'a envoyé la série complète des photos que sa mère, la sœur de mon père, avait conservées dans un album consacré à cette époque obscure, avec d'autres documents.

Ces clichés ont complété les impressions de la première image et celle-ci, que j'avais choisie comme lieu d'écriture, s'est insérée dans une sorte de film, une reconstitution de souvenirs et de bouts d'enquête.

À travers cette exploration, je voulais formuler une hypothèse, trouver une explication (je n'avais pas l'ambition d'établir une quelconque vérité). Premier moment d'un chemin qui comportait plusieurs stations, l'image de la cérémonie funéraire me permettait de conférer un sens à l'acte inouï accompli par mon père lorsqu'il s'était défenestré – sept décennies après les funérailles de son propre père.

Les deux événements, les obsèques de l'un et la mort de l'autre, s'étaient déroulés dans une proximité de lieux à plus de soixante-dix ans d'intervalle. La place communale de Jette était le berceau et le tombeau de ma famille paternelle.

Je me suis donc mise à écrire à propos des funérailles d'Aloïs, mon grand-père, en tentant de saisir ce que la première photographie donnait à voir : le cortège des endeuillés, le cercueil porté à l'épaule par des hommes jeunes en combinaison claire et coiffés du béret des résistants, le dais noir vers lequel ils se dirigeaient, la foule dense rassemblée sous la loggia de la maison communale et la figure mystérieuse d'une fillette assise sur l'escalier, enveloppée dans un manteau d'hiver.

Et tandis que je retrace aujourd'hui la genèse de mon enquête, il me semble n'avoir au fond que tenté d'appréhender le hors-champ de cette image, ce qui lui échappait, ce qu'elle ne disait pas.

Car de l'histoire d'Aloïs nous savions très peu. On l'avait toujours désigné comme résistant. On connaissait certes les circonstances de sa mort, mais sa vie, elle, se résumait à quelques phrases seulement. Il exerçait le métier de tailleur, il confectionnait des costumes pour hommes. C'était un être joyeux, un caractère positif et engagé, selon les dires de mon père.

Au cours de la Seconde Guerre mondiale, il avait été fusillé au fort de Breendonck par les Allemands que ma grand-mère appelait « les Boches » et cet événement tragique constituait le point d'orgue du récit familial.

Aloïs avait toujours été absent. Nommé, mais pas incarné, il nous hantait tel un fantôme et il se résumait pour moi à ce portrait en noir et blanc que ma mère avait exhumé un jour du fond d'un tiroir et à la vue duquel elle s'était exclamée tout en se tournant vers moi : oh, mais elle lui ressemble ! Je n'avais que quelques mois et mes yeux grand ouverts interpellaient celui ou celle qui me regardait. Par ces mots actant d'une ressemblance avec mon grand-père, ma mère m'avait renvoyée du côté paternel, ce qui devait bien l'arranger puisqu'elle était comblée par son premier enfant, ma sœur, et qu'elle ne devait le deuxième, moi, qu'au désir de son mari qui en voulait deux plutôt qu'un. J'étais née quelques mois seulement après ma sœur et ma mère n'avait su que faire de moi.

L'affaire s'était imprimée en moi et j'avais dû me débrouiller avec leurs histoires complexes et banales qui étaient aussi les miennes.

Depuis les débuts, j'avais dû m'arranger avec cette drôle de ressemblance avec mon grand-père énoncée par ma mère. Composer avec ce regard étonné que nous avions en commun lui et moi. Faire avec le mythe du héros de la Résistance. Et j'avais dû aussi m'arranger – au final nous avions dû tous nous accommoder – de l'acte insensé qu'avait commis mon père quand il avait décidé à son tour de sortir de l'histoire en sautant par la fenêtre.

Au-delà de la douleur et de l'effroi causé par son geste bouleversant, son choix de n'être plus là m'avait laissée perplexe.

J'ai scruté les images de ce qui était advenu il y a si longtemps et j'ai tenté de réveiller les morts enfermés dans la série de photographies.

Le héros résistant enterré ce jour d'hiver de l'après-guerre était mon grand-père Aloïs, l'éternel absent. Et c'étaient bien ses restes, poussière blanche d'os et de calcaire, que contenait le caisson du cercueil sur lequel on avait posé un drapeau tricolore.

J'ai tenté de reconstituer la forme et la texture des bâtiments qui bordaient la place, et je me suis arrêtée aux lourds pavés qui en dessinaient le sol ainsi qu'à la figure centrale du jeune homme, en pardessus noir et au regard sombre, qui est devenu mon père.

J'ai commencé de broder un récit par petites touches et fragments où j'avançais progressivement vers un point aveugle. Car sur la photo, mon père ce jeune homme de vingt ans à peine, un adolescent en réalité, avait les yeux baissés. Quelque chose s'était refermé en lui ce jour des obsèques de son père. Quelque chose s'était verrouillé ce jour d'hiver de l'après-guerre. Et je fais aujourd'hui l'hypothèse que celui qui est devenu mon père s'était alors abîmé dans une secrète et profonde mélancolie qui jamais n'avait été nommée et qui s'était manifestée dans d'innombrables affections cardiaques dont le premier incident était survenu quand j'avais huit ans.

Ce matin-là, jour de printemps doux, Dieu sait pourquoi j'errais dans le salon et je me trouvais à son chevet alors qu'il était allongé sur le canapé rouge à l'angle de la fenêtre et qu'il plissait les yeux de douleur. Sa tension était descendue à trois et tandis que de fins nuages blancs couraient dans le ciel, soudain il me dit qu'il allait mourir (il a répété ces mots, mais je ne l'ai pas compris, la veille du jour où il a commis son acte insensé sous le ciel bleu de l'été).

Ce jour-là, matin de printemps délicieux, dans le salon de notre pavillon du quartier de maisons nouvelles à la périphérie de Bruxelles, mon père, tel un roi passant son sceptre au plus fidèle de ses suivants, m'avait en quelque sorte confié la responsabilité de notre famille. Le roi, ou celui dont on dit qu'il l'est, pressent qu'il va mourir et il transfère l'insigne du pouvoir à la plus fidèle de ses enfants : sois sage avec ta maman, et ne te dispute pas avec ton frère et ta sœur, m'avait-il dit dans ce qui ressemblait à un dernier souffle. Comme s'il me confiait leur vie, notre vie à tous. Comme s'il m'incombait s'il venait à disparaître, ce que ses yeux à moitié fermés et son visage cramoisi laissaient supposer, de faire en sorte que la suite se déroule au mieux.

Cette scène dans le salon de notre maison de province sous le soleil printanier a été la première, inaugurale, d'une longue série. Et je revois aujourd'hui tous ces moments où mon père menaçait de s'échapper parce que son cœur défaillait, comme autant de mises en scène et de répétitions de son absence à venir.

J'ai toujours vécu dans la crainte que mon père ne meure. Les menaces de sa disparition ont jalonné mon enfance et mon adolescence. Il s'en est allé finalement, mais tardivement. Il a attendu longtemps avant de s'envoler et d'errer dans le ciel parmi les nuages, de flotter au-dessus des toits comme les personnages dessinés et peints par Chagall.

Et je pense aujourd'hui que plutôt que d'être saisi et emporté par la mort – ce qui le terrifiait de manière croissante à mesure qu'il avançait en âge –, il avait fait le choix de mourir. Pour *n'être pas mort*, mon père avait choisi de mourir.

Comme le philosophe Gilles Deleuze né la même année que lui, dont le frère aîné avait été arrêté en 1944 pour faits de résistance, puis déporté et assassiné à Buchenwald. Réduit à s'éprouver comme le frère médiocre du héros, hanté par la honte, Deleuze souffrait non pas du cœur, comme mon père, mais de graves problèmes respiratoires depuis l'enfance. À près de soixante-dix ans, il avait lui aussi fait le choix de la défenestration. Deleuze avait voulu mourir pour ne pas s'étouffer.

Entre mon père et son propre père, entre André et Aloïs, il y avait également une histoire de héros et de honte.

Le point central de la photographie des funérailles sur la place de Jette ce jour d'hiver de l'après-guerre était donc mon père. Et dans l'image, il y avait une tache sombre, celle du pardessus qui empesait la silhouette du jeune homme marchant aux côtés de sa mère. À cette ombre s'ajoutait une autre inconnue qui concernait celui qu'on ne voyait pas et dont on supposait que c'était bien lui qui était allongé dans le cercueil que suivait le cortège : Aloïs, le père de mon père, mort pour actes de résistance.

Qu'avait-il donc entrepris, mon grand-père, ce héros ? Qu'avait-il accompli pour se retrouver attaché à un poteau tel un Cherokee sous les fusils des Yankees et pour se voir honoré deux années plus tard au cours d'une cérémonie qui avait le faste et le protocole de funérailles nationales ?

Qu'est-ce qui reliait les destins tragiques du fils et du père ?

Et que venais-je faire dans cette histoire, moi qui suis née quinze ans après la fin de la guerre à l'orée des années 1960 ?

Alors qu'il se sentait mourir sur le canapé rouge du salon, mon père avait transmis le sceptre à la fillette que j'étais. Mais à quelle fin et pourquoi moi ?

Il y a quelque temps, dans une émission littéraire à la télévision, une auteure renommée affirmait que « la mélancolie, c'est quand on avale un mort ».

J'ai alors pensé au tableau *Saturne dévorant son fils* peint par Goya entre 1819 et 1823 dans sa période la plus noire en pleine guerre civile. Saturne avale son fils vivant, il a les yeux écarquillés, un regard blanc effaré sur l'horreur de son geste. Et ses prunelles horrifiées nous renvoient à notre propre regard sur l'horreur. En pensant au tableau de Goya, je me suis demandé qui d'Aloïs et d'André avait dévoré l'autre. Le père mort n'avait-il pas en quelque sorte gobé tout cru le fils vivant ? Quel était donc ce combat entre les pères et les fils où les premiers dévorent les seconds pour que ceux-ci ne les tuent pas ?

Et pour décrire la scène de l'assassinat d'Aloïs sous les fusils allemands, attaché à un poteau, c'est à un autre tableau de Goya que j'ai songé.

Aloïs et André n'étaient plus, mais la mort de mon grand-père avait entraîné des décennies à l'avance celle de mon père.

À travers les destins d'Aloïs et d'André, le patronyme V s'était effacé.

Alors me revint ce rêve que j'avais fait il y a quelques années. C'était l'hiver, un paysage brun de neige. Mon père et mon frère étaient assis sur la branche latérale d'un arbre. Le tronc était noir ébène. Le bois était sec et la branche sur laquelle ils étaient perchés tous deux se brisait et ils tombaient. Mon père et mon frère tombaient, et c'était une chute sans fin. Une branche morte dans un paysage d'hiver.

Au réveil j'avais pensé : la branche masculine cassée.

Assise sur le rebord d'une pierre plate à l'avant de la loggia, la fillette observe la scène. Elle en est le témoin, elle suit le mouvement du cortège et voit ce que nous ne voyons pas. Elle aperçoit celle qui est désormais veuve de guerre et qui deviendra ma grand-mère. Elle la voit de dos, visage fermé, mais elle ne peut voir le jeune homme triste et myope caché par sa mère.

Elle voit aussi l'adolescente de quinze ans au visage pâle que nous ne voyons pas. Et sans doute voue-t-elle à celle qui deviendra ma tante ce sentiment passionné et violent qu'une enfant éprouve parfois pour une autre qui a déjà quitté l'enfance sans être pour autant adulte.

Juchée sur le muret surplombant la scène, la fillette voit ce qu'elle ne comprend pas. Et ce ne sont pas les deux gamins, le brun et le blond postés à ses pieds, qui lui donneront la clé de l'événement qu'ils observent eux aussi sans pouvoir le déchiffrer.

Quant au jeune homme au centre de l'image, n'a-t-il pas décidé, en ce jour d'hiver de l'après-guerre, de ne plus jamais voir ? N'en a-t-il pas désormais assez vu et pour toute sa vie à venir qui commence à peine ? Son regard est vissé aux pavés, boulonné à l'intérieur de lui-même. En ce jour gris d'hiver, le jeune homme triste ne voit que ses propres pensées.

Pourquoi cette gamine blonde enveloppée d'un manteau d'hiver, chaussettes blanches sous les genoux, emmitouflée dans une écharpe de laine, assiste-t-elle à la cérémonie ? Pourquoi l'a-t-on juchée sur la pierre plate du muret de la loggia ?

D'elle, la plus jeune parmi tous ces adultes, on ne sait rien. Est-elle la fille d'un des porteurs du cercueil ou ses parents se tiennent-ils à l'avant, simples badauds dans la foule des spectateurs ? Et les gamins à ses pieds, sont-ils ses frères, ses cousins ou les enfants d'autres porteurs ?

D'où viennent-ils ces trois-là ?

Que sont-ils devenus, sont-ils morts ou vivants aujourd'hui ?

On ignore la date exacte de ce jour de l'après-guerre. On ne connaît que l'année, 1944 ou 1945, à supposer que la scène se déroule au cours du premier hiver sombre et venteux qui succéda à l'Armistice. On ignore également dans quel état on avait retrouvé le corps et comment on avait pu l'identifier comme étant celui d'Aloïs. Car il avait été fusillé en 1943. Deux années s'étaient écoulées.

C'est un matin d'hiver, la mère réveille la fillette à l'aube. Sur la chaise à l'assise de paille à côté du petit lit, la mère a posé une jupe bleu marine plissée en tergal, un cardigan, ainsi que de longs bas clairs. Face au miroir qui surmonte la cuvette de la salle de bains, elle peigne les mèches rebelles de l'enfant et les coiffe en chignon. Ensuite, la gamine pas encore tout à fait éveillée boit un bol de lait chaud. Elle mange une tartine de pain de mie trempée dans le lait (quel était le petit-déjeuner des enfants les matins de l'après-guerre ?) puis la mère la houspille : il est temps d'y aller, il faut enfiler le manteau. Autour du cou de la petite, elle noue une écharpe de laine blanche. En ce jour d'hiver de l'après-guerre, la fillette blonde doit avoir six ou sept ans.

Le lieu et la scène ont bien existé, rien n'a été inventé puisque tout est figé pour l'éternité dans cette photographie dont on ignore l'auteur.

L'image révèle un instant prélevé dans la succession de secondes et de minutes qui se sont égrenées à la mesure lente du cortège qui ce jour-là a traversé la place Cardinal Mercier de Jette. Et ce qui m'importe désormais n'est plus tant le lieu, l'urbanité morne d'une place communale dans l'immédiat après-guerre, que l'effacement et la contraction du temps.

Assise sur le muret, la fillette blonde nous indique quelque chose du temps. Son visage exprime la curiosité candide et l'intelligence vive des enfants qui savent ce que les adultes ne disent pas et devinent que ce qui a lieu sous leurs yeux est empli de gravité.

Le plus souvent, les adultes ne disent rien aux enfants. Le plus souvent, lorsqu'un événement important survient, on ignore les enfants. Et ce qui glisse lentement sous le regard étonné de la petite, cet étrange cortège mortuaire qui s'avance sous les yeux d'une fillette dans l'immédiat après-guerre, s'inscrit en lettres énigmatiques qui resurgiront à l'âge adulte.

Ce que l'on ne voit pas, ce que les photographies qui composent la série des funérailles ne montrent pas, ce sont les caves des immeubles de l'avenue Louise qui furent réquisitionnés durant la Seconde Guerre mondiale par les services allemands de sûreté et de sécurité, mieux connus sous le sinistre nom de Gestapo.

Celui qu'on enterre avec fastes et honneurs patriotiques, celui à qui l'on octroie des funérailles dignes d'un héros national, fut capturé en décembre 1942 par les agents de la Gestapo dans une rue de la commune de Jette. Il était jeune encore, quarante et un ans à peine, la force de l'âge. Il séjourna quelques semaines dans la prison de Saint-Gilles, puis on le transféra à Breendonck à une quarantaine de kilomètres au nord de la ville et on le fusilla le lendemain de son arrivée, le 13 janvier 1943.

Ce que l'on ne voit pas, car on ne sait rien de lui, on ignore même son nom, c'est ce compagnon qui selon mon père trahit son père sous les effets de la torture.

Car on les tabassait et on les torturait à tous les étages des immeubles de l'avenue Louise. On les soumettait à la question puis on les enfermait dans les caves.

Cinquante ans après la fin de la guerre, à l'occasion du tournage d'un film documentaire, on retrouva dans les caves d'un des immeubles des graffitis grattés dans le plâtre par les prisonniers. C'est aussi là que furent entassés les Juifs de Bruxelles. Arrêtés et raflés avant d'être emmenés à la caserne Dossin à Malines non loin de Breendonck, d'où ils furent déportés vers Auschwitz. Et l'on raconte que pour ne pas trahir, par loyauté ou par désespoir, certains se jetèrent par la fenêtre de l'appartement du 4e étage, que les tortionnaires laissaient intentionnellement ouverte.

Les immeubles des numéros 347 et 453 de l'avenue Louise ont aujourd'hui l'apparence anodine de la plupart des résidences qui composent l'élégante artère bruxelloise.

À l'époque déjà, ils ne différaient en rien des autres édifices de la prestigieuse avenue. Sur la façade du 453, une plaque commémorative rappelle que l'aviateur Jean de Selys Longchamps, pilote belge de la Royal Air Force, mitrailla le 20 janvier 1943 le siège de la Gestapo de son avion de chasse Hawker Typhoon. De sa propre initiative, sans l'autorisation de ses supérieurs, il mit le cap sur Bruxelles après une mission de bombardement d'une gare de triage dans la région de Gand. Il était jeune, il avait trente et un ans. C'était quelques jours après l'assassinat de mon grand-père.

Un matin de janvier, un ami de mon père accourt et lui annonce que son père est mort. C'est écrit dans le journal, lui dit-il, et il lui montre la page. Quelques lignes d'encre noire sur fond de papier gris informent qu'Aloïs V a été fusillé au camp de Breendonck. Le quotidien *Le Soir* en date du jeudi 14 janvier 1943 à dix-sept heures affiche en première page, en haut de la première colonne, AVIS écrit en lettres capitales : « L'*Oberfeldkommandantur* de Bruxelles communique : en représailles d'attentats commis à Bruxelles contre des membres de l'armée allemande, 20 terroristes, dont les noms suivants, ont été fusillés. »

Le nom de mon grand-père suit en deuxième ligne. Étrangement, les patronymes ne se présentent pas selon l'ordre alphabétique et le prénom d'Aloïs est orthographié avec un y à la place du ï : Aloys.

Alors, le cœur battant le cœur cognant, André court annoncer la nouvelle à sa mère. Mais celle-ci refuse de croire que son mari est mort et décide de continuer à l'attendre.

Jusque quand, on l'ignore.

Quand ma grand-mère s'est-elle inclinée face à l'effroyable nouvelle ? L'a-t-elle d'ailleurs jamais acceptée, s'est-elle jamais résignée ? Il me semble qu'elle a toujours laissé planer un doute en dépit des funérailles qui se sont déroulées ce jour d'hiver. Car il lui était impossible d'admettre que c'était le corps de son mari qu'on avait enterré ce jour funeste de l'après-guerre.

Du plus loin que je me souvienne, lorsque j'étais enfant, l'ombre d'Aloïs s'étendait sur toute notre famille.

Il me hantait depuis ce jour où ma mère avait retrouvé son portrait au fond d'un tiroir et qu'elle avait édicté notre ressemblance. J'avais donc hérité des yeux cernés d'ombre d'Aloïs et de son caractère audacieux, et lorsque j'entrai dans l'adolescence, mon père exprima la crainte que je ne devienne terroriste comme son père et que je ne me lance dans les luttes révolutionnaires armées de la fin des années 1970, Fraction armée rouge en Allemagne ou les Cellules communistes combattantes en Belgique.

Au début des années 1980, j'étudiais la philosophie et je me souviens avoir rencontré un soir d'automne une future membre, blonde et menue, des Cellules dans un appartement à Saint-Gilles.

Quand cette histoire de fantômes s'est-elle achevée ? Les années avaient passé, ils étaient morts, mon frère d'abord puis mon père. Dans ma famille, les hommes ne tenaient pas debout. Ce n'était plus l'ombre directe d'Aloïs qui s'épandait à travers les générations, mais l'ombre de son ombre. Un arbre généalogique d'ombres de branches masculines cassées. L'arbre de mon rêve s'était définitivement asséché comme les silhouettes noires des saules sur la neige au fond des vallons de la sauvage Ubaye où je vais marcher l'hiver.

Aloïs fut capturé le 9 décembre 1942. Il fut séquestré à la prison de Saint-Gilles et interrogé dans les locaux de la Gestapo avenue Louise. Frappé, questionné à nouveau puis transféré au fort de Breendonck où on le fusilla le lendemain de son arrivée. Entre sa capture et sa mise à mort, un mois à peine s'est écoulé. Motif de l'arrestation selon mon père : son père était actif dans la presse clandestine, il assurait la diffusion de journaux interdits, *Le Bon Sens*, *La Libre Belgique*, *La Voix des Belges*, et il aurait procuré des explosifs en vue d'un attentat. Raison de l'exécution selon l'AVIS publié dans le quotidien *Le Soir* du 14 janvier 1943 : terroriste fusillé parmi dix-neuf autres en raison d'attentats commis à Bruxelles contre des membres de l'armée allemande.

Mon grand-père, résistant ou terroriste ?

Que reste-t-il de cette histoire aujourd'hui ?

Les immeubles de l'avenue Louise avec, apposée sur la façade du 453 à côté de la porte d'entrée, la plaque commémorative dédiée à Jean de Selys Longchamps. Non loin, au milieu d'une pelouse dans un square, le monument érigé en l'honneur du valeureux aviateur. Visage de bronze tourné vers le ciel, le nez au vent, il ressemble à Tintin. Restent les reportages télévisés sur le classement des graffitis retrouvés dans les caves de l'immeuble 347 par le cinéaste André Dartevelle lorsqu'il réalisa son film *À mon père résistant*. Ainsi qu'un livre, *Les Caves de la Gestapo*, édité par la Fondation Auschwitz. Et, document émouvant et énigmatique, l'unique lettre qu'Aloïs écrivit le 14 décembre 1942. L'enveloppe porte le tampon de la poste en date du 28 décembre 1942.

Elle est adressée à ma grand-mère, madame V, rue de Moranville à Jette. Au dos figure le nom Aloïs V, ainsi que l'adresse : Prison de Saint-Gilles, Cellule 193.

Séquestré à la prison de Saint-Gilles, quelques jours après son arrestation, Aloïs adressa le 14 décembre 1942 une lettre à son épouse. Sa missive écrite d'une main tremblante commence par *Ma chère femme*. Du premier au dernier mot, elle est empreinte d'une grande pudeur, sans doute parce que son auteur avait été contraint à une sorte de double langage pour que la lettre puisse sortir de prison et atteindre sa destinataire. Il la conclut, et c'est poignant, par un discret post-scriptum presque illisible, à la lisière de la page, où il demande *ses lunettes et une bonne chemise, car celle qu'il a sur le corps est déchirée*.

Aloïs avait créé une petite entreprise de confection de costumes pour hommes. Il avait les yeux sombres et une moustache taillée en carré. Un homme cultivé, qui portait beau, disait mon père, et qui était membre de plusieurs associations à vocation culturelle ou sociale. Pourtant, et cela m'a toujours paru surprenant, sa lettre écrite au crayon de papier comporte plusieurs fautes d'orthographe. Et surtout, à la toute fin, il demande à son épouse d'entrer en contact, via la *Ligue des Donneurs de Sang*, dont il est président, avec l'avocat Maître de Fraipont, député du parti d'extrême droite Rex, pour qu'il intervienne en sa faveur : *et transmets le bonjour à tous les donneurs, de la part de leur président. Que la Ligue demande à Maître de Fraipont, député rexiste son appui pour moi.*

Quand il évoquait cette lettre, mon père, très âgé, s'indignait. Emporté par une irrépressible colère, il se levait de son fauteuil et, outré, il pointait un doigt vers le ciel. Ce n'était pas l'écriture tremblante et maladroite de la missive ni les quelques fautes d'orthographe qui l'offusquaient, mais que son père demande l'aide d'un avocat collaborationniste. Aux yeux d'André, le fils, qui était désormais un homme âgé, Aloïs, le père, était un héros déchu. Il aurait dû résister jusqu'au bout et n'avoir pas peur de mourir pour la liberté.

Et c'est là, je crois, que mon père fit erreur. Car de l'ultime lettre de son père, il eut une lecture trop littérale. De cette missive écrite en prison, il prit les mots à la lettre sans jamais penser que l'appel de son père à un avocat rexiste était en fait une ruse à l'instar des autres allusions et bizarreries que contient le document, comme cette recommandation d'Aloïs à sa fille, qu'elle apprenne bien ses leçons d'allemand, ou cette autre à son fils, qu'il se promène le dimanche avec sa mère et qu'il ne soit pas trop dépensier.

Pour que la lettre puisse sortir de prison et parvenir à sa destinataire, Aloïs avait dû inévitablement montrer patte blanche.

Mon père n'avait sans doute pas vu le film de Jean-Pierre Melville, *L'Armée des ombres*, ni cette scène poignante, à la fin, de la course sous les mitrailleuses quand le héros Philippe Gerbier renonce à résister à l'injonction allemande et à ne pas courir comme un lapin affolé, car il est *impossible de ne pas avoir peur quand on va mourir*.

Le héros hésite quelques secondes puis il se met à détaler pour saisir la corde de la liberté.

Mon père n'avait pas compris le désespoir pudique d'un homme qui pressent qu'il va mourir et qui voudrait échapper à la mort.

Aux yeux d'André qui avait lu et relu la lettre de son père sans jamais en saisir le double sens, Aloïs avait failli et cette défaillance lui était intolérable.

Alors quelque chose s'était s'effondré.

Enfant, quand je parcourais les rues des quartiers anciens de Jette, il me semblait traverser un passé sans âge. En particulier quand avec ma mère nous rendions visite à sa mère qui habitait un deux-pièces au troisième étage d'une maison obscure emplie de meubles massifs et d'objets désuets. Un grenier surmontait l'appartement, envahi de cartons contenant d'étranges et merveilleux objets. Des statuettes de bronze, une bergère ou un ramoneur, tout droit sortis de mes livres de contes, ou des flacons de parfum d'un autre temps, surmontés d'une petite pompe habillée d'un ouvrage en crochet qui se terminait par une floche.

Étudiante à l'université, je me réfugiais souvent chez ma grand-mère veuve de guerre, afin d'échapper au bruit et à l'agitation familiale. Car ils formaient une bande bruyante. Ce n'étaient qu'éclats de voix, ils parlaient tous en même temps et ils ne s'écoutaient pas.

Ce brouhaha joyeux qui me faisait honte à l'adolescence s'est tu depuis bien longtemps et n'est plus maintenant qu'un lointain souvenir, j'en aurais presque la nostalgie.

Je me souviens de l'ennui des fins d'après-midi des dimanches en hiver dans le petit appartement de ma grand-mère à Jette, lorsque la ville était silencieuse et qu'on n'entendait que le glissement métallique du tramway sur les rails ou le chuintement des pneus sous la pluie. Mais ce n'étaient là qu'imperceptibles désagréments, un sentiment persistant d'inadéquation, comme de savoir depuis toujours que l'édifice familial était fissuré sans pouvoir désigner précisément l'endroit de la faille.

Car il y eut plus grave hélas et, rétrospectivement, ces moments déplaisants de l'enfance ou de l'adolescence dont j'ai le souvenir ne firent que préparer l'événement qui advint un jour, éclairant le désarroi que j'éprouvais depuis toujours.

En ce même lieu traversé par le cortège funèbre sur la photographie d'après-guerre, soixante-dix ans plus tard alors qu'il atteignait l'âge vénérable de quatre-vingt-sept ans, mon père commit un acte inouï : âgé malade et désespéré, il se leva de son fauteuil, il enjamba la fenêtre de sa chambre du deuxième étage de la maison de retraite du Centre Public d'Action Sociale de Jette et il se jeta dans le vide.

S'agissait-il d'un acte de résistance, comme de se relever une dernière fois, de se mettre debout et d'affirmer sa liberté, ou était-ce un geste de désespoir ?

Mon père était-il un héros ou un homme empli d'effroi à l'instar de son propre père ? Entre les deux, la légende familiale n'a pas tranché.

Quelques jours avant la cérémonie, ils extraient du fond des penderies les lourds manteaux remisés depuis le début de la guerre. Et quand arrive le matin de la cérémonie, aux premiers rayons du jour, ils s'habillent. Lentement, pesamment, comme sous la contrainte, ils enfilent les vêtements noirs de deuil.

Ils endossent les longs manteaux raides et entrent dans une prison de tristesse qui ne les quittera plus.

Ainsi des derniers mots de ma grand-mère, alors qu'elle était allongée agonisante sur le canapé du salon, ma mère à ses côtés : son cri, son appel, à plus de quatre-vingts ans, à son mari bien-aimé, Aloïs.

Elle, qui l'avait perdu depuis plus de cinquante ans, elle s'apprêtait à le rejoindre enfin, mais l'absence et le deuil ne l'avaient jamais quittée.

De l'instant où l'on a scellé le caisson en bois du cercueil, il n'existe aucune photographie.

Aloïs a été assassiné le 13 janvier 1943. On l'a attaché au poteau tel le révolutionnaire espagnol agenouillé sous les baïonnettes des soldats français dans le célèbre tableau de Goya, *Tres de Mayo*.

Était-il habillé comme le héros à l'épaisse chevelure noire qui supplie, vêtu d'un simple pantalon tenu par une corde et d'une chemise échancrée ? S'était-il agenouillé, bras ouverts, paumes tournées vers le ciel, revendiquant sa liberté et s'offrant en sacrifice ou bien était-il resté raide, digne et silencieux ? Lui avait-on bandé les yeux pour qu'il ne voit avec terreur le canon des fusils pointés sur lui, qui quelques secondes plus tard lui ôteraient la vie ? Quelles avaient été ses dernières pensées, avait-il eu peur de mourir ?

On le fusille le 13 janvier comme l'attestent le monument et la stèle de la cour du fort, mais la cérémonie d'hommage et les funérailles officielles eurent lieu deux ans après, à la fin de la guerre.

Qu'en était-il alors de son corps ?

Était-ce bien lui qu'on enterrait ?

Dans cette image, il n'y a que du plein.

Trois ou quatre cercueils et l'impression tenace, persistante, que des corps sont allongés sur le caisson comme sur un lit, recouverts du drapeau tricolore qui tel un drap protégerait un mort.

Autour, une abondance de gerbes et l'odeur des fleurs, les parfums insistants qui vous saisissent à la gorge. Parmi les couronnes, des chandeliers à neuf branches divisées en trois ramifications. Sur chacune d'elles, des bougies allumées.

À l'avant, plantés parmi les fleurs, deux soldats raides et solennels. Celui de droite, visage fermé sous le casque, veste parcourue de boutons dorés et ceinturée à la taille, se tient les bras raides le long du corps ; le deuxième est un gamin encore, silhouette frêle dont le casque trop large recouvre la moitié du visage jusqu'à l'arête du nez. Représentants des forces de l'ordre, soldats ou simples policiers dont le costume et l'allure rappellent l'Agent 15 des albums de *Quick et Flupke* dessinés par Hergé en ces mêmes années de guerre. Le moment est raide de solennité, des haut-parleurs dissimulés sous les gerbes diffusent l'hymne national. Dans ce lieu qui pourrait être une chapelle ardente, on ne voit pas le cortège des endeuillés.

La dernière photographie, celle de la mise en terre, est la plus poignante. Des mains gantées de blanc effleurent des képis, des hampes avec drapeaux sont tendues à l'horizontale. Cinq hommes, en bleu de travail, se penchent sur la fosse. Ils maintiennent par de larges sangles de chanvre le cercueil qui doucement balance et s'enfonce dans le trou creusé dans la terre.

À l'avant-plan, on aperçoit un jeune homme de dos, il tient dans ses mains un chapeau.

Je crois reconnaître mon père.

C'est un après-midi de juillet, ciel bleu d'été resplendissant. Je reviens de voyage, une amie est passée me voir et nous bavardons, assises sur le canapé du salon. J'ai laissé mon téléphone sur la table de la cuisine en mode silencieux car qui pourrait m'appeler à cette heure vide de l'après-midi ? La ville est calme et dans ma rue à sens unique, les voitures se font rares.

Lorsque mon amie me quitte quelques heures plus tard, je prends mon téléphone et je regarde distraitement l'écran.

Je vois alors qu'il y a eu plusieurs appels. Et tout d'abord la voix d'un inspecteur de police qui me dit qu'on a retrouvé mon père étendu dans le jardin de la maison de retraite, son corps couché dans l'herbe, sous les fenêtres de sa chambre du deuxième étage. Il était conscient lorsque les secours sont arrivés et il a demandé qu'on m'appelle. Suivent alors d'autres messages dont j'ai oublié la teneur. Jusqu'à la voix affolée de ma sœur qui me dit : Papa a sauté par la fenêtre de sa chambre du deuxième étage, il a chuté ou il s'est suicidé (je ne me souviens pas exactement de ses mots). Elle m'appelle alors qu'elle est en route pour l'hôpital avec ma mère.

Lentement, presque mécaniquement, je saisis les clés de ma voiture et je rejoins l'hôpital. Lorsque j'arrive à l'entrée du pavillon des urgences au milieu du parc arboré, ils sont là, ma sœur, son mari et ma mère, debout dans une sorte de salle d'attente et ils m'annoncent que mon père est mort.

Bleu pur, bleu azur du ciel après la cérémonie d'incinération. Soixante-sept ans après la traversée de la place Cardinal Mercier par le cortège funéraire qui accompagnait le corps d'Aloïs, une autre procession plus intime et colorée franchit la grille d'entrée du même cimetière. Un petit groupe précédé de trois vieux messieurs de l'Armée secrète une trompette à la main, un béret de résistant sur la tête. Ils marchent à pas lents dans les allées couvertes de gravillons blancs.

Juillet resplendissant, pureté extrême de l'air, lumière transparente.

Tandis que s'éteignent les dernières notes de l'hymne national, le silence s'épand sur notre petit groupe bigarré. Et quand notre cortège composé de ma mère, des trois filles et des petits-enfants se rassemble et se resserre parmi les tombes sous les frondaisons des arbres verts, lorsque les trois vieux messieurs de l'Armée secrète soufflent lentement solennellement les premières notes du *Chant des partisans*, alors sous les branches emplies de sève, on voit s'envoler cinq ou six colombes blanches dans un bruissement de feuilles et d'ailes.

Debout, le visage tourné vers le mur où l'on insère l'urne qui contient les cendres, soudain ma mère vacille.

Une brassée de roses rouges. Pour la cérémonie d'inhumation, j'achète un énorme bouquet que je peine à déposer sur le siège arrière de ma voiture. Une brassée de quatre-vingt-sept roses rouges.

La gare de Jette se situe en face de la maison communale. Construite en brique rouge dans le style néo-renaissance flamande de la fin du XIXe siècle, on l'a édifiée sur la ligne de chemin de fer Gand-Bruxelles pour déverser et absorber les centaines d'ouvriers qui venaient travailler des Flandres dans la capitale le matin et repartaient le soir.

Si on trace un trait de crayon de la gare en direction du nord, on arrive au fort de Breendonck que l'armée belge a bâti sur la commune de Willebroeck non loin de la ville d'Anvers. Le fort tombe sous les bombardements prussiens en octobre 1914 et est réquisitionné, dès septembre 1940, par les Allemands qui en feront un camp de concentration.

Ceux qui arrivaient là, otages, résistants ou juifs, étaient destinés à mourir sur place ou en déportation. Trois mille cinq cents personnes y ont été détenues et deux cents fusillées parmi lesquelles mon grand-père arrivé le 12 et exécuté le 13 janvier 1943.

Masse grise et noire de béton sur fond de pelouse verte entourée d'un canal où stagne une eau saumâtre, le fort est aujourd'hui un mémorial.

Quelques rues plus loin, près de la place où s'est déroulée la cérémonie de ce jour d'hiver de l'après-guerre, se trouve la maison de retraite du Centre Public d'Action Sociale où mon père a vécu les dernières années de sa vie. Bâtiment moderniste des années 1950 en brique jaune sur trois étages, larges baies découpées en rectangles verticaux et horizontaux. Quelque chose de la géométrie abstraite des années de l'immédiat après-guerre – Mondrian, peintre des couleurs primaires, appliqué à l'architecture. Ces mêmes lignes et couleurs dessinaient l'école primaire de mon enfance dans la petite ville de la périphérie.

On entrait par une grille de métal peinte en vert. On traversait un vaste parking couvert de gravillons. Il y avait toujours une place où se garer à côté de quelques arbres poussiéreux. On empruntait quelques marches fatiguées et dès qu'on avait franchi la porte vitrée du hall d'entrée, l'odeur de vieux et de pisse mêlée à celle de la Javel vous prenait à la gorge. Non seulement l'odeur, mais plus encore la vision désolante d'un petit vieux ou d'une petite vieille en savates, prête à s'échapper tel un oiseau rachitique qui sautille à côté de la porte de sa cage et qui profite des quelques gouttes d'eau et des graines qu'on lui apporte pour s'évader.

Les chambres étaient à l'étage. Après une double volée d'escaliers, il fallait encore traverser un hall qui faisait fonction de salle de séjour où quelques-uns assis face à l'écran de la télévision, le regard hébété, tricotaient ou chantonnaient. Puis un long couloir au bout duquel se trouvait la chambre de mon père. Un lit couvert d'une courtepointe en coton jaune le long d'un mur couleur vert d'eau, une table, une commode, deux chaises en skaï aux pieds chromés, et quelques objets personnels, photographies, une pipe ainsi qu'une canne.

C'est là qu'un jour d'été de la première décennie du XXIe siècle, alors qu'il approchait le terme naturel d'une longue vie, mon père mit fin à ses jours.

Son acte n'avait rien de fortuit, il avait tout prévu. À l'aube de ce jour, il rangea sa chambre, lissa les draps de son lit et déposa sa canne sur le couvre-lit. Dessous, il glissa un petit mot griffonné d'une écriture tremblante et maladroite, quelques lignes à peine lisibles, adressées à ma mère. Sa canne, il la léguait à son petit-fils.

Né et mort à Jette.

Ultime image : le jeune homme, sa mère et sa sœur, face à des tréteaux de bois, des chevalets vides de leurs couronnes de fleurs. À côté de la fosse, un ouvrier cause de manière insouciante avec un des porteurs. On voit le cercueil qui glisse doucement et s'enfonce dans le trou.

Quelque chose d'Hamlet au bord de la fosse où gît le corps mort d'Ophélie quand toutes les guerres sont finies.

C'est alors qu'advint la mélancolie.

Ensuite

Reste à écrire, même si d'autres l'ont fait déjà, le contraste entre la grisaille et la vie vive qui, passés les premiers mois de l'après-guerre, reprit ses droits.

Comment ils s'engouffrèrent dans ce qui, à l'aube des années 1960, se présentait comme la modernité, quinze ans après ce jour d'hiver de l'après-guerre.

Comment la couleur envahit toutes les surfaces, les écrans des télévisions et les pages des magazines. Comment elle finit par recouvrir le monde. Alors le ciel, qui dans les photographies des funérailles d'Aloïs était blanc et gris, devint bleu. Comme dans la peinture de Fra Angelico à l'aube de la Renaissance, quand un beau jour, dans une Annonciation, le fond doré fit place à un fragment de couleur bleu pâle.

Comment les maisons prirent cette teinte brique du quartier de mon enfance, et les parterres de couleurs éclatèrent dans les jardins de la ville, comme les bulbes explosent en crocus, jonquilles et tulipes au printemps.

Alors les années glaciales de l'après-guerre furent oubliées et réduites au format de quelques photographies anciennes, et on oublia les actes valeureux accomplis par ces héros de l'ombre qui passèrent les années de guerre à résister de manière secrète et silencieuse.

Mais ce qui fut ainsi enterré s'inscrivit en mon père. Tant et si bien qu'arrivé au terme, quand il vit sa vie se réduire à l'espace d'une modeste chambre dans la maison de retraite du Centre Public d'Action Sociale de Jette, André se mit debout une dernière fois pour rejoindre le feuillage des arbres qui s'élançaient dans le ciel.

FILMS

André Dartevelle, *À mon père résistant* (1995)
Jacques Demy, *Les Parapluies de Cherbourg* (1964)
Jean-Pierre Melville, *L'Armée des ombres* (1969)
Roberto Rossellini
Rome, ville ouverte (1945)
Païsa (1946)
Allemagne année zéro (1948)

PEINTURES

Fra Angelico, *L'Annonciation* (1430-1432)
Vittore Carpaccio
Miracle de la relique de la Croix au pont du Rialto (1494)
Cycle de Sainte Ursule (1497)
Giorgio De Chirico, *Mystère et mélancolie d'une rue* (1914)
Francisco de Goya
Le trois mai 1808 à Madrid (1814)
Saturne dévorant un de ses fils (1819-1823)
René Magritte, *Le Thérapeute* (1941)

Je remercie, pour leur lecture attentive et leur soutien amical, Virginie Devillers et Marie-Jose Dho, ainsi que Paul Alerini et Jacques Sojcher.

Aussi François Bon dont l'atelier « Écrire la ville » est à l'origine de ce livre.

Toute ma reconnaissance à Anne Bourguignon qui dans ce texte a su voir le livre.

Collection *La rencontre*

Serge Airoldi, *Rose Hanoï. Rencontres avec la couleur*, 2017
(Prix Henri de Régnier de l'Académie française 2017)

Nathalie Azoulai, Serge Toubiana, *Ozu et nous*, 2021

Jean-Christophe Bailly, *Café Neon, Chemins grecs*, 2021

Dominique Barbéris, *Un dimanche à Ville-d'Avray*, 2019
(Deuxième sélection du prix Goncourt 2019, finaliste du prix Femina 2019)

Olivier Baumont, *Tombeau du jeune monsieur de Cinq-Mars*, 2021

Antoine Billot, *L'Année prochaine à New York. Dylan avant Dylan*, 2017

Sally Bonn, *Écrire, écrire, écrire*, 2022

Philippe Bonnin, *Katsura et ses jardins. Un mythe de l'architecture japonaise*, 2019
(Prix P. J. Redouté 2021, Prix René Pechère 2020)

Véronique Bruez, *Ici habite le bonheur*, 2022
(Finaliste du prix Jean-René Huguenin 2022)

Benoît Casas, *Venise toute*, 2022

Thierry Clermont, *La Balade de Galway*, 2021

Collectif, *La littérature est une rencontre*, 2016

Michel Crépu,
Beckett, 27 juillet 1982, 11 h 30, 2019
Only rock and roll. Avec les Rolling Stones, 2022

Norbert Czarny, *Mains, fils, ciseaux*, 2023

Christian Doumet, *L'Évanouissement du témoin*, 2019

Hervé Dumez, *Incertain Paul Valéry*, 2016

Nadine Eghels, *Avec Paul*, 2023

Christophe Etemadzadeh, *La Vie sans savoir*, 2021
(Prix Khôra-Institut de France de l'essai littéraire 2021, finaliste du prix Jean-Jacques Rousseau de l'autobiographie 2021)

Élisabeth Foch-Eyssette, *On ne peut pas toujours voyager mais on ne peut pas toujours rester au même endroit*, 2018

Francis Grembert, *Éloge de l'alouette*, 2023

Vincent Hein, *La Disparition de Jim Thompson*, 2021
(Prix Pierre Mac Orlan 2022,
deuxième sélection du prix Femina 2021)

Philippe Herbet, *Fils de prolétaire*, 2022

Stéphane Lambert,
Avant Godot, 2016
(Prix Roland de Jouvenel de l'Académie française 2017)

Fraternelle Mélancolie. Melville et Hawthorne, 2018

Visions de Goya. L'éclat dans le désastre, 2019
(Prix André Malraux 2019)

Paul Klee jusqu'au fond de l'avenir, 2021

L'Apocalypse heureuse, 2022
(Prix Victor Rossel 2022, finaliste du Grand prix SGDL 2022, finaliste du prix Jean-Jacques Rousseau 2022, finaliste du Grand prix du roman de l'Académie royale de Belgique 2022)

Vincent Van Gogh. L'éternel sous l'éphémère, 2023

Yannick Le Marec,
Constellation du tigre, 2021
(Sélection du prix 30 millions d'amis 2021)

Le Grand Pillage, 2022

Thierry Le Rolland, *Les Papillons de Nabokov, le boomerang de Gracq*, 2021

Gérard Macé, *Le Navire Arthur et autres essais*, 2020.

Brice Matthieussent,
Les Jours noirs, 2019

Amérique fantôme, 2021

Akira Mizubayashi, *Dans les eaux profondes. Le bain japonais*, 2018

Sébastien Ortiz, *Dans un temple Zen, Rencontre avec Guillaume Apollinaire*, 2017

Benjamin Pelletier, *Les Années discrètes. Territoires de l'enfance*, 2018
(finaliste du prix Marcel Pagnol 2018)

Marc Petitjean,
Le Cœur. Frida Kahlo à Paris, 2018

L'Ami japonais. Kunihiko Moriguchi, Trésor vivant et peintre de kimonos, 2020

Mathieu Pieyre, *Le Professeur d'anglais*, 2022
(Finaliste du Grand prix de la fiction de la Société des Gens de Lettres 2023, finaliste du prix Alain Fournier 2023)

Olivier Rasimi,
Cocteau sur le rivage, 2019

Bébé, 2021
(Première sélection du prix Renaudot essai 2021)

Patrick Roegiers, *Éloge du génie. Vilhelm Hammershøi, Glenn Gould, Thomas Bernhard*, 2019

Gemma Salem, *Où sont ceux que ton cœur aime*, 2019

Jean-Jacques Salgon, *Des graffs dans la nuit. De la grotte Chauvet à Judit Reigl*, 2021

Olivier Schefer,
Un seul souvenir, 2016

Une tache d'encre, 2017

Conversations silencieuses. L'art, la beauté et le chagrin, 2019

Un saut dans la nuit, 2021
(Prix Cesson 2022)

Bruno Smolarz, *Giorgio Morandi, les jours et les heures*, 2016

Brina Svit, *Le Dieu des obstacles*, 2021

Serge Toubiana, *Le Fils de la maîtresse*, 2022
(Prix Marcel Pagnol 2022)

Luc Vezin, *La Vie sans histoire de James Castle*, 2022
(Finaliste du prix Roman-News Publicis Drugstore 2022, sélection du prix des lecteurs de Notre Temps 2022)

François Warin, *Au commencement la beauté*, 2020

Natacha Wolinski, *Son éclat seul me reste*, 2020

ACHEVÉ D'IMPRIMER
EN FÉVRIER 2023
AVEC L'ARRIVÉE
DES PREMIÈRES HIRONDELLES
SUR LES PRESSES DE
CORLET IMPRIMEUR
À CONDÉ-SUR-NOIREAU
CALVADOS

SUR UNE MISE EN PAGE
D'AUDREY CHARBONNIER

Numéro d'édition : 1332
Numéro d'impression : 23020175
Dépôt légal : avril 2023
Imprimé en France